मरो इकट्ठा करो

विवाद दर्द

सुमीत कुमार

सुमीत कुमार

सुमीत कुमार, एक वयस्क जो जीवन के कई चरणों का अनुभव करता है, एक प्रसिद्ध लेखक और नए युग के लेखक हैं। वास्तव में वह एक लेखक होने के साथ-साथ गायक, कवि, शायर, उद्धरण लेखक, गीत लेखक और एक कलाकार भी हैं। एंकर या स्टैंडअप कॉमेडियन। उनके बारे में बहुत ही रोचक और दिलचस्प तथ्य यह है कि वे नए युग के लेखक हैं यानी उन्होंने अपने लेखन की यात्रा उस उम्र में शुरू की जब वह अध्ययन करने के लिए स्कूलों जा रहे थे। उनकी 100 पुस्तकों की स्ट्रीक महान होगी भविष्य में उनके लिए उपलब्धि, उनकी कुछ प्रसिद्ध रचनाएँ यानी प्रेम की परिपक्वता (शैली _प्रेम) स्वप्न की गोपनीयता (शैली-मध्य वर्ग की जीवन शैली)।आप नोटियन प्रेस, अबे बुक्स, इम्युजिक इन, फ्लिपपर्गर्ट, एमेजॉन, बिंडल, इंरटेंट रीड लाइक

ईबुक, किंडल, गूगल, इंटरनेशनल साइट्स और कई अन्य से भी उनकी किताब खरीद सकते हैं।स्पॉटिफ़ पर पॉडकास्ट: @ ब्रोकन हार्टइंस्टा आईडी: बुकहब92जीमेलः सुमितकुमार 88234लिंक्डइन: सुमीत कुमार

क्रम-सूची

प्रस्तावना

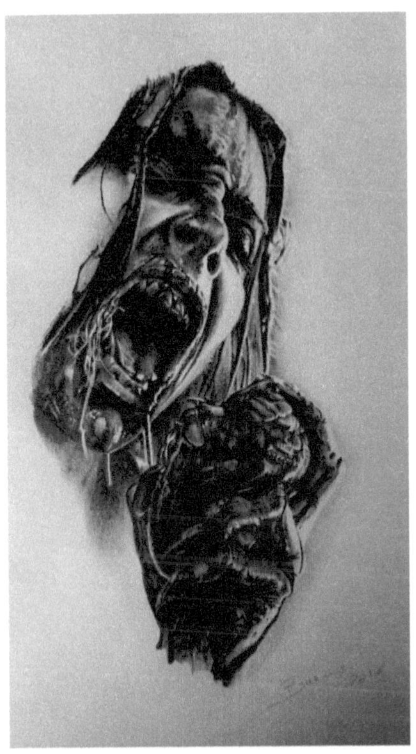

Enter Caption

मेरे रिश्ते कभी समझौता से नहीं बनते और अगर वो बनते हैं तो उनमें कोई तालीम जरूरी नहीं है तो हमारे लिए जरूरी होते हैं, ईश दुनिया में दिखते भी गर्म करता है कि कोई जान जाता है उसके साथ होती है रिश्तों की तरह जो अपने होते हैं।

सुमीत कुमार

पावती (स्वीकृति)

सुमीत कुमार

सुमीत कुमार, एक वयस्क जो जीवन के कई चरणों का अनुभव करता है, एक प्रसिद्ध लेखक और नए युग के लेखक हैं। वास्तव में वह एक लेखक होने के साथ-साथ गायक, कवि, शायर, उद्धरण लेखक, गीत लेखक और एक कलाकार भी हैं। एंकर या स्टैंडअप कॉमेडियन। उनके बारे में बहुत ही रोचक और दिलचस्प तथ्य यह है कि वे नए युग के लेखक हैं यानी उन्होंने अपने लेखन की यात्रा उस उम्र में शुरू की जब वह अध्ययन करने के लिए स्कूलों जा रहे थे। उनकी 100 पुस्तकों की स्ट्रीक महान होगी भविष्य में उनके लिए उपलब्धि, उनकी कुछ प्रसिद्ध रचनाएँ यानी प्रेम की परिपक्वता (शैली _प्रेम) स्वप्न की गोपनीयता (शैली-मध्य वर्ग की जीवन शैली)।

आप नोटियन प्रेस, अबे बुक्स, इम्युजिक इन, फ्लिपकार्ट, एमेजॉन, किंडल, इंस्टेंट रीड लाइक ईबुक, किंडल, गूगल, इंटरनेशनल साइट्स और कई अन्य से भी उनकी किताब खरीद सकते हैं। स्पॉटिफ़ पर पॉडकास्ट: @ ब्रोकन हार्ट इंस्टा आईडी: बुकहब92 जीमेल: सुमितकुमार 88234 लिंक्डइन: सुमीत कुमार

1

अकेले उचित

अकेले उचित

आज की तारिक याद नहीं मुझे पर जो लिखना चाहता हूं और जो बोलना चाहता हूं सयाद वो फरियाद है उससे में कहीं, क्या जिंदगी किशी भी मोर पर क्यूं न लेक्कर चली जाए, हमर फिर कभी खराब नहीं बदला है प्रति अगर वो बुरी है तो न के बराबर ही उसकी परछाई हमारा साथ छोड़ती है, हम जो भी सेहते हैं, ये जो यादे हम खुद के साथ ये दसरो के साथ बनाते हैं वो हमारी जिंदगी का एक ऐसा है मैं भी खुद से अलग नहीं कर सकते क्यों जिस परचाई भी एक और यहां की कफस से बनी हो अगर उसमे फिरा आजादी की मिल जाए तो वो याद कभी कभी नहीं रहती, मोहल्ले, गालियां, सेहर, बादियां, पहाड़, ये के यहां तक... की जाने का नाम हो ही नहीं लेता, एक आइशी परचा बन चुकी है मेरे उसके अंदर जो मैंने खुद से अलग कर दिया पर मेरी रूह उसे छोडने को तय नहीं है, हर वक्त जो इंसान खुद से बात करता है कर हर खुद को कहने की कोशिश करता था, आज वो किशी और की मंजिल का मुशफिर बन गया है, सयाद अब रास्ते अलग है मेरे लिए क्योंकि अब वो जाने हो चुके हैं पहले से मेरे भी हैं पागलपन्न छुकी है और ठक चूका खुद की मजबूरियां और हलत बटे हुए, कौन हूं में? क्या हुं में? किसकी तलाश है मुझे? क्या यही जिंदगी है? खो चुका हूं खुदको और अपने वजूद

मजबूरियां और हलत बताए हुए, कौन हूं में? क्या हुं में? किसकी तलाश है मुझे? क्या यही जिंदगी है? मैं चूका हूं खुद को और अपने वजूद के हर एक उश उसके को जिसे सोच कर आज भी सेहम जटा हूं की था एक साक्षी जो खुद के लिए सोचता था, खुद की परवाह करता था, अच्छे में कोई रहा है ये है, जिंदगी भी किशी बेवफा से कम नहीं है, क्योंकि जब तक हम इसे मोहब्बत ये हमसे उस वक्त नफरत की रिवायत करती है, और जिस दिन इसे मोहब्बत जब खतम हो तो बन गया है साथ भी देती है और मरने के लिए कफन की जमीन भी, लोग आजल अलग ही नजरों से

मुझे देखते हैं, ऐसी बात नहीं है कि ये नजरों में पहले सेह नहीं थी, पर ओ अबा सयाद है वाला है सयाद उस भविष्य को में देखना नहीं चाहता, एक खुली किताब बन चुका प्रति उसके पन्ने एक ऐसी भाषा में लिखे हैं, जिसे पढ़ कर लोग ना तो मुझे समझ में और न ही मेरी, कोई बड़ी को कहते हैं ना ही मुझे अपनी जिंदगी सीमा और थोड़ा लंबा कर के जीना, बश एक दिन खुल कर जीना चाहता हूं, खुद से ये कहना चाहता हूं कि जिंदा हूं में, महसूश करना चाहता हूं उन लोगों को जो मेरी चौकठ तक आति तो है पर फिर कुछ कुछ ही डर में हूं, इतना ही जाना है की कोई अहम, खैर कुछ बातें है जो कहना चाहता हूं उन सब से जो खुद को उस भीद में खो चुके हैं जिसे लोग प्यार, दोस्ती, और रिश्तों के नाम से जानते हैं, सुरजना है के, अगर खुद को मुशफिर मन लोग तो तकलीफ काम होगी, क्योंकि रिश्तो में आब वो सच्ची है ही नहीं जो आपकी अदालत में आपको रिहा कर के खातिर वो भी बिना किशी जुर्म के, अगर है तो यह नहीं है ही दो पल बदनाम करेगा ईश नामुराद की सोच है की वो आपसे ज्यादा प्यार करेगा, जो मैं लिख रहा हूं वो सिरफ एक कहानी नहीं है, एक परचाई है उस हकीकत की जिसे देखने भी बहुत लिए हैं ही जरूरी है जो किशी की आहोश में अब भी को सहायता है।

मैंने अपनी जिंदगी में किशी को कभी ना नहीं कहा, लोग जैसे बोले गए में उनकी बातें सुनती रहा और उन कफी हद तक अपना भी पर जिश सफर पर मैं चल रहा वो मुशफिर दो थे, मतलाब गलियां भी मैं भी मैं गलियां भी और वो मंजिल भी मेरी ही थी, मतलाब नहीं समझ, वो दो कभी पहले ही नहीं, वो सिरफ एक थे, प्रति जब दुनिया की बातें सुनेंगे लगा तो आगे जकर उनकी बातें से डर की आढ़त भी सुनी। को कमजूर भी मेरी बहन ने, सोचा था की निकल जाएगी पर जब वक्त के गहनों ने मेरे पंखो को रोका तो समझौता किया था की आब वो जिंदगी दोबारा नहीं मिलने वाली, मैंने अभी भी के साथ न तो कभी हलत सुधार और न ही मेरी कहत, पैसे की कहत हर किशी को है, क्योंकि उसके सुगंध हम, जब कोई साक्षी उसे अहोश में हिस्सा है तो बहुत ज्यादा को है कोई साक्षी के भुग्तान, ये किशि रिश्ते में हिस्सा है तो वो खुद को भूल जाता है, क्योंकि ये हमे सिरफ बेहतर जीना नहीं सिखती बाल्की उसके साथ खुद को वक्त

के साथ बरबाद कैसे करते हैं, उसमें भी साथ लेकर आते हैं, लोग तो लोग हैं कभी बरबाद नहीं होने वाला, मेरे पास बुद्धि भी और दौलत भी मुझे कोई हर नहीं स्काटा, बुद्धि और बेहद दौलत तो रावण के पास भी थी फिर श्री राम के हाथ उसकी हत्या कैसे हो गई, उसका से डर कैसे हो गई।

जैसे जब एक मंजिल तक जाने के लिए जब रास्ते काई दिखे ना तो संभल जाना चाईये क्यों की जरूरत तो की जो रास्ते है आपको साफ दिख रहे हैं वो सच्चे भी हो, कहीं किसी की माया के भी तो वह है सही है पर आपकी नजरों गलत दिखाया जा रहा है, खैर ये बातें की कोई मुराद नहीं है पर जब परदे पर कोई कहानी आती है तो उसके विचार भी आते हैं और वो विचार ही असली जीवन में जीवन है।

"सफ़र

में साथो

हुन

प्रति मुशाफिर

नही

राहों की

सौगत हुणे

प्रति

रास्ता नहीं

मंजिल

मेरे करीब

हाई

प्रति

मुख्य

तुम्हारे

कदमो कि

कामयाबी

नहीं."

बचपन से खविश थी की कुछ बड़ा करना है, पर क्या करना है वो भी नहीं पता था, जिंदगी जिश रास्ते से लेकर जकार जा रही थी मुझे, मैं बश उनि रस्तो के सहे अपनी मंजिल लम्बी आराम से चलते हैं, और जिश सिओच दिन ईश सोचा की पाना मेरे अनादर आई, मतलब मुजसे मुकाबली हुई उस दिन जिंदगी के आसूल भी बदल चुके थे और रास्ते समलैंगिक भी, बचपन की वो उन बड़े में कभी जवानी या चला, जब एक रास्ते को तय कर के दुसरी तारफ चलने लगा तो जो ख्वाइशों थी वो भी मुझसे डर होने लगी, पहले फरोघ पन्नी कोशिश, फिर इज्ज़त, फिर रिश्ते और बहुत कुछ में कुछ भी कुछ भी कभी हो सकता है, आइशी बात नहीं थी की उनसे अलग होकर चल नहीं सकता पर जो रास्ते कामयाबी के तारफ जा रहे थे वो थोड़े खतरनाक भी थे पर कभी सोचा नहीं था की इतने मायाबी होंगे, यहां कुछ ऐसे, गलियां जो मेरे अपने थे, वा जहां भी मलूम थी पर कुछ खास तालाब नहीं उनसे डर जाने की, क्यों मेरी फिदरत कभी किशी एक रस्ते पर रुकी ही नहीं, जब लांबे अर्श के बाद चलना सिखा तो, खुद को भी पुर गया,... , प्रति जब कहत उस तालाब को आगे बढ़ने की आई तो फन्ना मेरे सामने खड़ी थी, और वो भी मेरे अपने के पीछे, मैं आज तक समाधान ही में क्या पाया की जो रस्त वह वक्त लिया यहां वक्त की कामयाबी तो मिली जिसी कहत थी मुझ पर बदल में बेहद दौलत भी मिली उन यादों की जो मुझे आज भी बरबाद कर रही है, उस काफास से अब निकलना चाहता है, एक नया जिंदगी करना हम की खविश धुंडना चाहता हूं, मेरी मंजिल मुझसे बहुत ज्यादा करीब रहे हैं आइशी कोशिश दुबारन करना चाहता हूं सैयद संभव न हो फिर भी एक बार फिर से कोश करने की ऐश जरूर है, वहां है तो वहां है दे, ये भी उन्ही ऋषि ओ की तरह होते हैं जो कभी आपके साथ तो कभी आप से डर, जिंदगी में फद्रत भी बदला है और इंसान भी बश इतना की वक्त की परकाही हर किशी की उनसे में एक जैसी नहीं होती।

पहले सोचा था की बड़ा कब बनुगा, मतलाब घर के हलत कब समझौता खुद को कब आजाद करुंगे और पिंजरो सेह, उस ममता की चौ से जिस्म मैंने सिरफ नौ महाने ही नहीं काटे बाल्की उसे सबसे ज्यादा कहा रखा

था एक ऐसी बात नहीं थी की मुझे वो ममता अच्छी नहीं लगती, बश दूर इतना था की में बदल चुका था, मां के अचल से मेरी दुनिया जितनी सुंदर लगी थी, जिश दिन अचल से बहार तो ये था व अचल ही मेरी वो दुनिया है, मतलब कभी सोचे ही नहीं की जिन रिश्तों से मैं दूर भगने की कोषिश कर रहा हूं असली में वो मेरे पूरी दुनिया है, मेरे हर कभी मेरी महफिल है मेरी... बहुत कभी नहीं भूला चाहता, जब पहली बार छोटा खासी तो खुद को ढूंडने की रिवायत की मैंने, प्रति जब दसरी छोट खाई तो मां की ममता याद आई, सयाद उस चौकथ के बाद से मां की ममता भूल चुका और पी इतने जी की वो मेहंदी भी, बेहद जज्बाती हो जाते हैं हम किशी एक साक्षी को लेकर जो न तो हम कभी समाधान पाट है और न ही समझौता चाहता है, आप अपनी मजबूरियां उसे सीधे नहीं कहते हैं कभी एक झटके में आप से डर हो सकती है, एक ऐसी मायाबी दुनिया जिसे सिर्फ आप ही देख सकते हैं और कोई नहीं, क्योंकि जिश प्यार की बनाबत हम अपने चारो तरह करता है वो असली है ही नहीं स्काटा, मैंने जाते वक्त मुझसे कहा था कि तू सिर्फ अपनी चौकथ नहीं अपनी दुनिया छोड़ कर कर रहा है, तू अपनी मां को नहीं अपना पता भूल कर जा रहा है इस में कुछ वक्त और उनकी बातें में सुन सकता हूं और खुद को ये समझ सकता हूं कि गलत हूं, मुझे वो देहलीज कभी नहीं लगनी है जिस परचाई में खुद को अमर मानता था, जिश दिनों में खुद को अमर मानता था। किस्मत ने ये पैगम लिखे दिया की फैन ना करीब है बैश वक्त की मार झेले के लिए तय हो जा...

और सयाद तयार भी हो जाता अगर उस साक्षी ने साथ न छोटा होता, खैर जिंदगी भी केई पल दीखाती है कुछ सही तो कुछ गलत दिखती है, हम जो कहते हैं उसमें हमारी तमना वो हर बार है हम उम्मेद दीखाती है, टूट कर भी तय था जीवन सेह हर कर में अपने कदमों के लिए एक जान था, सोच के करीब पूरी जिंदगी बीटा दी बाद में पता चल की वो सिरफ एक ख्वाब था।

"

उश जोड़ी

की चौ
मुख्य
ममता
बटोरी
है मेन
बनाना
अचली
सेह ही
उषा
चौकाठ
कि
खुशियानी
टोली है
मैंने
पिता जी
के कांधे
प्रति ही
मेरी पूरी
दुनिया बशी
हाई
बनाना
दाल
रोटी में
ही
मेरी
उमर लिखी
है ....”

2

खोई हुई पहचान

खोई हुई पहचान

कहते हैं कुछ ख्वाब बचपन में ही जी लेने छै क्या पता उमर की दोर में उसकी परकाही भी आगे जकर देखने को मिले ये न मिले, उमर एक आइशी बेवफा है जो वक्त के साथ हमारे दर्द को और नहीं इस्की किशी भी साक्षी को खराब आसन से मौत दे जाति है, पहले सोचा था की काश हम बड़े न होते तो लडाइयां न होती, इतने जंग ना होते होते, लोग पैसे के लिए ये जमीन ज्यादा के होते हैं, और न ही किशी चीज को पाने के लिए जूनून की वो कहां जिसमे लोग खुद की इंसानियत को भी बुल जाट

है अक्सर, मैंने जिंदगी जहां तक देखी में बश उसी की बातें कर रहा हूं, महान उसमे किशी भी तरह की नफरत नहीं शममिल थी, यह जरूर कह सकता है कि प्रति वो इंसानियत से अलग नहीं थी, कभी मैंने उसकी परछाई नहीं छोटी, कुछ बड़ा करने का नहीं थी, जब भी कोई काम ही काम करता और ठक जाता तो आराम मिला था उस ताप्ती धूप में ही खुद के वजूद को महसूश करता था, पर अब वो बातें और वो महनत महसूश नहीं होती, सोचा हूं की फिर कभी नहीं से वली क्योंकी वक्त की बहियों कभी किशी के लिए रुकती नहीं है, हम कह कर भी इसके रिश्ते समाज नहीं पाएंगे, पर ह ये जरूर कह सकते हैं कि ये कभी किशी को ज्यादा है, फिर भी कभी किसी को जयादा ये खराब है के लिए दिल की नहीं दिमाग की जरूरत है ....

से खैर बातें का सिलसिला चलता रहेगा, इससे पहले की मेरी पूरी कहानी अधूरी बन जाए, सब कहना चाहता हूं, जो महसूश किया है ये जो करने वाला हूं ये जिंदगी जो पल दिखने वाली मन है, एक साथ जाना चाहता हूं, क्योंकि जीता सोचा है सयाद वो कभी हो ही ना, क्या पता मेरे वजूद की कहानी ही अंत में अधूरी रह जाए और मेरे ख्वाब कभी पूरे हो ही ना ??

सुशांत त्रिवेदी....
मथुरा 800005 कृष्णा
वेदी चौक
उमर :- 22
पहचान :-लापता

आप सब भी मेरी दुनिया में खो गए होंगे, मुझे पता वो क्या है की मेरी कहानी ही कुछ ऐसी है वो कहते हैं ए लेख की भाषा में मेरी जिंदगी, माफ करोगे तो समलैंगिक, मैं हूं तो कुछ हूं है तो आयशा कुछ भी नहीं है, पर जिश जग से ये कार्याराम हम आपको अपनी भाषा में समझ रहे हैं कुछ खास नहीं है, खैर वक्त की कुछ खास कुछ नहीं है हुए हम आप सब को श मंजिल पर लेकर चलते हैं जहां से हमारी पूरी दिल सुरु हुई थी, और उस फिल्म के हीरो हम नहीं है, मतलब हम भी है पर एक्शन वाले हीरो

है, क्योंकि बचपन से ही बनेंगे ही क्या उन्हीं के जैशा बाल रखेगे, बस कंडक्टर की नौकरी भी करेंगे, पीर सपने तो सपने ही होते हैं अपने तो होते नहीं हैं, बहुत में वो भी वही रहेंगे जो हम कभी सोचा भी हम नहीं था, तोह कहानी उस मोरर आगमन हुआ ईश धरती मां की भूमि पर, मतलाब जब हमने एंट्री ली दुनिया में, हमारे जन्म के पहले ही मां और पिता जी ने ये सोच लिया था कि हम बेहद होंगे, मतलाब जो पढाई में बेहतर हो और अपने भविष्य के लिए प्रति अरमान आगे के सामने होते हैं और सपने उसमे लकरी के काम करते हैं अगर दोनो को मिल डोगे तो बहुत में रख ही बचेंगे, और हम सयाद वही रख थे, मातलब हम खुद को भी आते हैं बोल के आप सब को सुन्ना ही पारगे, मतलब मजबूरी तो हमारी भी है की हम अपने कांड के बाए में आओ सब को बता रहे हैं पर करे बात ही कुछ ऐसी है...

तो उस बात उसी दिन के जब हमने एंट्री मारी थी, जिशे दिन हमने एंट्री मारी उस दिन हमारे डर के दादाजी जी ने बैकेंट्री मार ली, मतलन स्वर्ग पधार गए, और सबको लगा की उन लोगों के लिए हमने एंट्री की थी। जी ने ये सोचा की वो उनका नाम हम देंगे, मतलब डर के दादा जी जो स्वर्ग पधार गए हैं, बतायो भाई आयशा भी कोई करता है क्या मारे हुए इंसान का नाम जीता जगते इंसान को कौन देता है?

खैर उस वक्त जो नाम हमरे पिता जी ने हम दिया था वो कोई मामुली नाम नहीं था, मतलाब ब्रम्हंड में जब कोई अघोर तपस्या करता है, वैशा नाम था हमारा "नाथूरा त्रिवेदी" मतलब क्या है? और क्यों है?" क्या सोच कर उन्होन हमारा नाम आयशा रखा है, खैर ये तो नाम की ही पता है पर उनके काम के भी बहुत चर्चा थे और होते भी क्यों ना जहां लोग दो बच्चे पाल कर ही बड़ा परिवार इतना देश की असली आबादी भी रहती है, दास लड़के और पंज बदलिया, मतलाब एक क्रिकेट टीम थी और सब के नाम भी विहार थे, नायडू, कपिल, तेंदुलकर, वैसा ये तो उनके पूर्वाज की बात बात हो गई वो करते थे हमसे, पर जो भी हमारे पिता जी बहुत तेज और बहादुर थे, मतलब जब दादा उन अपने परिवार और घर को सौंपा तो उन उनसे इशी भी तार की मांगा नहीं की, ना ही वहां पिता जी सेह जो भी कहा उन्होन ने अपना लिया, मतलाब अपनी पढाई, अपने भविष्य की

चिंता न करते हुए, इसी भी एक लंबी कहानी है जो वक्त रहते आप सब को जल्द ही पता हलगे दू, पर इतना बताता है शादी की थी, जिसमे पहले पति तो कुल्फी खाते हुए ही शहीद हो गए और दुरे वचन देते हैं, वैसा हमारी दादी मां अभी तक जिंदा है, दादी के पिता जी बड़े अमीर घर से थे मतलब हमारी दादी इश्ली जब उनके पहली एमपीटी की मौत हुई तो उन कुछ महानों के लिए बड़ी बड़ी ही पिता जी पाया हुआ और पहला से एक लड़की पाई हुई थी, पिता जी ने उने तब भी अपना और उन्हे प्यार दिया, प्रति बदले में उनकी बहन ने एक हरि काका के बेटे के साथ शादी कर लिया जिसके हम भी और उन दोनो की कहानी भी खतम हो गई रिश्ते की, वैसे हरि काका हमारे घर के बावर्ची थे, प्रति उनके धर्म की कथा कुछ और थी, मतलाब वो दुसरे धर्म से संभित, और करते हैं की थी, पर हम उन्हे हरि काका क्यों कहते हैं इसे पीछे भी एक राज है?

जिश दिन पिता जी के बहन अपने घर और अपने एकलौते भाई को छोटा तो उन्होन अपनी दौलत भी छोड़ दी होगी आयशा मुझे लगता है, पर कुछ महिनो के बाद ही कोर्ट से आदेश आने जानेंगे वो पपौर उनका एकलौता परिवार भी, प्रति बुआ एन कभी उसकी मांग नहीं की थी, मतलब न ही उन्होन पापा को कोई अदालत का आदेश था, ये गुस्ताकी तो उनके पति और हरि काका के बेटे की थी, मतलब परिवार न हो गया? रिश्ते सुलझ ही ना रहे? खैर मा ने जब ये बताया तो मैंने उस दिन ये सोचा लिया था की में आयशा कोई भी काम नहीं करुंगा जिसे मेरे पिता को सेर झुकना पारे, वही फिल्मी डायलॉग और वो सपने लेकर में भी अपने सागर में चल रहा था की स्क्रिप्ट लाइन भले ही एक लेख के द्वारा लिखी जाती है पर उसके सीधे ऊपरवाला ही करता है .....

हमने तो हमारी कहानी में तो बच्चन से लेकर ही ऊपरवाले ने ऐसी किस्मत लिखी है की कह कर भी हम कुछ कर नहीं सकते हैं, बचपन में सब यही कहते हैं, द द्रष्टि राखी की संसार को जान कर भी हम अग्यान जैसी बातें करने लगे, तो चले उस लापता मोहल्ले की गलियां से आप सब को भी वक्फ करवाते है और मिलवते है अपने 33 समझ, अरे में अपने बचपन के यार के बारे में आप सब को बटने जा रहा हू, जिसका

नाम अतुल राठौर है, वैसा ही राठौर साहब के हम जान है, मतलब हम एक मा के बेटे तो नहीं हैं। , पर कहते हैं दुख की हो ये सुख की वो हमारे साथ हमे रहते हैं, मतलाब हम ऐश भाषा का प्रयोग क्यों कर रहे हैं ये आप भी सोच रहे हैं, वो क्या है हमारी मां की स्वर्ग है भी हमारी भाषा में, अगर वो किशी को मदो और के लिए लगता है तो वो स्वर्ग है अगर कठौर लगती है और कर्वी लगी 8 है तो वो नर्ग है, खैर अतुल राठौर जो की हमारे एकलाते मित्र और हमारे दुख जीवन के साथी से वक्फ करने की सीट पर जाने के लिए लिए तयार हो जाए क्योंकि उनकी उम्मेद की छवी हमेश सातवे आसमान पर ही रहती है, क्यों वो क्या है जो हमारे अतुल साहब कुछ अलग ही किस्म के इंसान है.

और अतुल ने भी उस वक्त टॉप किया था पर ऊपर से नहीं नीचे सेह, उस चीज को लेकर वो पहले तो कफी परशान था पर जब उसे ये बात पता चली की मैंने टॉप किया तो मेरे यार वो सारे में कुछ ही खामोशियां उसके बाद ना तो अपने सेहरे की वो उदाशी दिखी और न ही मुझसे कोई नफ़रत की और न ही किशी तराह की जालान थी उसे मुझसे, प्रति आप भी सोच रहे हैं क्या एक में कुछ इसमैं कहना है को लेकर जा रहा हूं? जब तक वक्त की रिवायत पूरी न हो जाए तब तक रहश्य की नीब साफ नहीं दिखी देता, वक्त को लगेगा उस रहश्या को जाने के लिए जिसके लिए मैंने वो 10 साल काटे है, जैसा भी मेरे पास है मैं क्यों ना हो वो कभी कुछ मुझसे जहीर नहीं करता था, कितने कितनी भी बड़ी मजबूरियां क्यों न हो वो मुझे हमा उनसे अलग रखता था, कभी उस और यहां की झलक नहीं दकिहय उसे, वह कहां हूं यह समझौता था, कितने मोहल्ले में कितनी भी लड़ाइयां क्यों ना हो, कितने भी बंदे क्यों न दसरी तारफ से मेरे यार उस वक्त अकेला ही सबका सामना कर जाता था, प्रति कहते न जब रिश्ते तो धागे हैं हो ये पक्के हो, आंखें धोका भी खा शक्ति है जब उसकी गाठ बंधी गई टैब।

उस दिन प्रिया ने अतुल को मेरे बारे में कुछ कहा था आब वो बातें आची तो बिलकुल नहीं थी, वर्ण अतुल कभी किशी सेह लता नहीं था वो भी बेवजाह, उसने जब भी लड़ी की तो मेरे वह वही था अचानक पता नहीं उसे प्रिया को थप्पड़ क्यों मारा वो भी पूरे विधानसभा के सामने,

ठीक ऐसी कौन शि बात प्रिया ने अतुल से कहीं थी वो भी मुझे लेकर की, उस लड़की से अतुल प्यार करता था एक था वो वैसा ही प्रिया चौबे कोई मामुली लड़की नहीं थी हमारे स्कूल की वो प्रेम नाथ चौबे की बेटी थी और अपने चाचा की जान और अपने भाइयो की शान, सुनने में थोड़ा अजीब लगता है पर जब उसके लिए हमारे स्कूल में प्रवेश ने पुराने स्कूल के सामने यही बातें थीं, और उसके चाचा ने भी, वैसे उनकी जात कटे की थी, में ये क्यों रे उसके पीछे भी एक वजाह है, क्योंकि दुनिया के जितने भी कभी बुरे नाथ हैं डाइकाटी, लूट पाट, घरो प्रति कब्जा और हवासी जैसी नजरों से सबको देखना, और भी बहुत सारी बातें।

जिश दिन अतुल ने प्रिया को थप्पड़ मारा, उस दिन में नहीं था मतलाब उस विधानसभा में नहीं था, जब ये हदसा हुआ तबा उसे मारने के लिए पूरी फौज उसके सामने थी, मतलाब प्रिया के चाचू, प्रेमनाथ, भी और उसके लिए अकेला था, स्कूल में सब ये बातें कर रहे थे उस वक्त की आज तो अतुल बचेगा नहीं, जब ये लडाई तब तो में वह नहीं था पर किशी ने मुझे कॉल कर के ये बोला की जलदी से प्रेम में आ जाएगा लड़के आए, मैंने कुछ भी नहीं देखा में सबसे पहले स्कूल पौचा, लवा के लोगो की भीद लगी हुई थी और अतुल को के लोग घर हुए भी थे, पर वो उस वक्त कुछ कुछ कर नहीं सकते थे, नहीं बाल्की मेरे पिता जी ही थे, उन 17 सालो में पहली बार ये बकत पता चली की अतुल राठौर जो की मेरा जिगरी यार, मेरी दुनिया है जिशे में सच अपना भाई मानता हूं वो सच में मेरा भाई है नसीबवाला समझौता ये बदनसीब?

<blockquote>

"

सब के

घरो

बाशा

व्यास

एकलौता

खुद का

</blockquote>

मरो इकट्ठा करो

आशियाना
अधुरा चूड़ा
हाई
जिंदगी बेहद
हसीन है
ऊँकी
मात्र
बिना
एकलौता
में ही
वो
जो उन रिश्तो
के लिए
लैंड
राह है.....”

“ ”

“

रिश्तो
की गाथा
प्रति बंधी
ट्यूनी
रहेश्यो
की सौगतो
हाई
आयेने
की फिराकी
तेरी ख़ुशियों
भी आज

सुमीत कुमार

और यहाँ
कि
पहचान
हाई ....”

3

स्वर्ग के साथ विश्वासघात

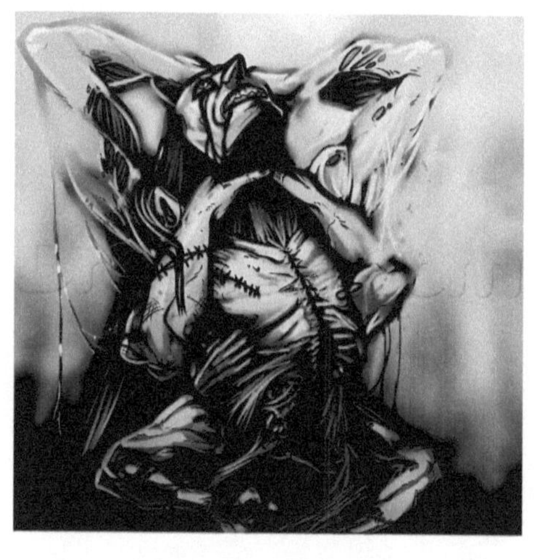

स्वर्ग के साथ विश्वासघात

उस दिन मेरी जिंदगी में दो करवा आई थी जो मेरे लिए बिलकुल नई थी, मतलाब में जो सोच रहा था वो सिरफ एक सोच नहीं हकीकत थी और जो हकीकत थी वो मेरी सोच निकली, मतलब उस दिन दो भी ये मेरी सोच निकली थी एक मंजिल और के रास्ते के साथ मुसलसल मेरी जिंदगी वो भी एक पल में कुछ ऐश हो जाएगी कभी सोचा नहीं था, मतलब मेरे पिता जी अतुल के पिता जी कैसे? यहां बचपन से ये खविश जरार थी की अतुल मेरे दोस्त नहीं काशा भाई रहता, पर ये बदला मेरी जिंदगी में कुछ खास खुशियां लेकर नहीं आई, मतलब कभी किशी ने मुझसे ये बातें कहीं, क्या नहीं ए मेरी जिंदगी में और प्रेमनाथ मेरे पिता जी के सम्मान चुप क्यूं है मतलब कपिल त्रिवेदी के सामने, क्योंकि मैंने जहां तक प्रेमनाथ के बारे में सुना है पुराना मथुरा उसके खौफ से डरता है, हमारे सामने आपके बन गए हैं। वो भी पहले बहुत खतरनाक सामने, में क्या ही कहु न कहते हुए भी मुझे ये रास्ते दो उनसे मांगेंगे ही परगे, क्योंकि उस दिन जो मुझपर बीती थी में ही जनता क्युंकी जो हडसे मैंने भी उस दिन अपनी आंखों से देखे वो हाद दी थी ऐ, खैर उस दिन जब पिता जी सामने आए तो हमारे स्कूल के जितने भी शिक्षक थे वो सब हाथ जोड़ कर एक लाइन में खड़े थे, मतलब में समझौता ही नहीं पा रहा था कि अंदर गें, कपिल त्रिवेदी की है सामने इतने लोग हाथ जोड़ कर क्यों खड़े हैं, और दुसरी बात जो हर गली मोहल्ले में खुद को शेर मानता था वो पिता जी के सामने चूहा कैसा बन गया, मतलब हो क्या रहा है कोई बताएगा?

ये सवल में उस दिन वह मौजूद हर एक साक्षी से पुच रहा था और सब मुझसे यही कह रहा था कि तू कपिल त्रिवेदी को नहीं जनता, कपिल त्रिवेदी को नहीं जनता? अरे हा भाई नहीं जनता? , में तो इतना जनता हूं की वो मेरे एकलौते बाप है पर सयाद आब नहीं क्योंकि अब वो दो उससे में बंट दिए गए है ये खुद बन गए मुझे ये भी नहीं पता, तो ये बताया है मेरी जिंदगी मैंने तो सोचा था की उस दिन तो हम गए क्योंकि अतुल ने किशी मामुली इंसान पर हाथ नहीं उठा था प्रिया नाथ चौबे पर हाथ उठा शा, मुझसे तो लगा आज तो हादियां टूटी और जान भी की मैं कि मैं क्या हूं एक की, क्यों में बहले ही केश भी क्यों ना राहु पर अपने यार का पित

देख नहीं सकता, प्रति वह तो दृश्य ही कुछ अलग था, और सबसे चौंकाने वाली बात ये कि मेरे घर के सभी लोगे बातें अच्छी तरह से जनता थी की अतुल कोई और नहीं मेरे सग्गा भाई है ......

प्रति तुम हुआ कब ? मैटलैब में अगर कुछ समझौता भी कहु तो ये मेरी समझ से बाहर है, उस दिन जो हुआ उसकी बात अलग थी वो तो मेरे ध्यान में नहीं था कि आखिरकार अतुल ने प्रिया को थप्पड़ मारा है और प्रेमनाथ के लिए पिता जी उसके पिता जी कैसे? और ये कपिल त्रिवेदी है कौन, क्योंकि जहां तक में जनता हूं मेरे पिता जी तो काफियो सीधे इंसान है फिर तुम लोग उनके बारे में जलेबी जैसी बातें क्यों करे रहे हैं, इस से पहले में कुछ ऐसे ही उनसे पूछेंगे कहु उस दिन में नतो खुश था और न ही दुखी, क्योंकि अतुल मेरे बहुत अच्छा दोस्त था और में कहता था की वो हमेश मेरे साथ रहे पर में ये कभी नहीं चाहता था कि वो मेरे साथ बिथरा घर है। जाने का, में कहता ही नहीं था की में उस चौकथ को पार करू जहां रिश्तों की सच्चा ही जुठ से होती है, अगर अतुल को ये बातें पता थी तो उसे मुझे कभी बता क्यों नहीं की और मैं कोई और कोई और ने भी नहीं बताया की वो मेरे सागा भाई है, इसे पहले में अपने घर जाता ही की कुछ लोगो ने मेरे अपहरण कर लिया?

वो लोग कौन थे में नहीं जनता था पर जो भी थे बड़े खतरॉक थे आयशा वो खुद कह रहे थे, मुझसे तोह वक्त ये अहसास भी नहीं था, वो भी अपने घर से डर गया था, बोल रहे थे उस वक्त वो मेरे ऊपर से जा रहा था, मतलब में उनकी बातें सुन तो रहा था पर मेरे मन आब भी उसी सवल जा आटक था जिशे में भूल ही कभी पा रहा था, अगर मेरी अतुल है तो कभी क्यों नहीं बताया कि उनका एक और बेटा भी और बक्की के जितने भी घर वाले थे कभी ईश रहे पर से परदा क्यूं नहीं उठे की मेरे भी कोई भिया है, और कौन सी मजबूरियां खराब फिर से एक मैंने तो तालीम दी गई थी और एक बाप को अपने बेटे को दूर रखने की तालाब परशान कर रही थी, मुझे उस वक्त समझौता ही नहीं आ रहा था और में करू क्या खुद को इश उलझन के लिए अपहरण किया बार-बार मुझे यही कह रहे हैं कि आपने बाप को बी उला? जब उनने मुझसे ये बात कहीं तो मेरे

मान में एक ही ख्याल आ रहा था की चाचा बाप का ही झोल है

खैर उसे बाद उन्होन ने मुझे धमकने की कोषिश की, मुझे डरने की भी कोशिश की पर उन ने मुझे मरने की रिवायत बिलकुल भी नहीं की, आब क्यों नहीं की मुझे नहीं पता बश वो ये सब कुछ है। मैं और अतुल के भी, मुझे ये बात सुन कर भी हेयरानी हुई की अतुल को ये बातें पहले से पता थी कि वो मेरे सग्गा भाई है, मेरे लिए मुझसे ये बात मैं क्यों हूं यह चल रही थी जिशे में खुद भी रौक नहीं शकत, ऊपर से में एक ऐसी जगह था जिससे मैं अंजान था, इतने सारे सवाल थे की मेरे जहान में उस वक्त उनके जावब जाने के लिए में क्यों, क्यों ना पारे और वो कौन से मेरे दूर के रिश्ते दार थे, कुछ दिनों में रुक कर अपनी खतिर दारी करता, मैंने सोचा, लिया था की मैं भी यही हूं भी हो गए मतलाब मुझे फतेह भी मिल प एर इसी पेहले की में घर पौछता, मैंने अतुल को देखा, सरफ अतुल को ही नहीं बाल्की मेरे पूरे खंडन को, वो कही जा रहे थे पर उन लोगों ने मुझे नहीं देखा, इससे पहले ऐसे में उनके पीछे जाते हुए लोग, , मतलब भाई हो क्या है रहा मेरी जिंदगी में, मतलब अभी तो आजाद हुआ हूं गुंडो की छनगुल से उन काफास से अब इनके लोग मेरे पीछे हटियार लेकर क्यों पारे हैं, और ये मुझे मरना क्यों कहते हैं सेह डर निकल गया पर जिसी उम्मेद नहीं थी इन आंखों की वही हुआ?

> "इक
> आज़म
> की बदौलत
> मैंने
> अपने हिस्से
> मुख्य
> फुरकत कि
> तनहाई
> डि
> कुछ मुशाफिर
> मुकाबिल

हुओ
थाह
प्रति
उन्की मंजिल
भी
उन्की खामोशियां
की पहचान
थी
मैं और
जिन
रिश्तो
कोउ
मुख्य
अपना मन:
चुका
था
वक्त आने
प्रति मेरे
हिसेह
मुख्य
अनहोनी
पूर्वोत्तर
ही मौत
कि
रिवायत
डी ...."

उन सच्च में भाग रहा था बहुत उन की कफस में अपने वजूद को खो चूका था, रूह को ये बात थी ये रिश्ते कुछ खास नहीं पर दिल की फ़िदरता को

उस वक्त मेरी बात कुछ कुछ भी वपन ना आयुना प्रति जिन समाधान की गहनों ने मुझे अपने उनसे में ही एक तबिया दी में उसे अपने जहां से दूर नहीं कर पा रहा था, आयशा नहीं था की वो मेरे पाने नहीं थे पर जो अपने खास था ही कुछ मैं तो बेहद मोहब्बत की उनसे प्रति बदले में सिर्फ तभी तबाई दी थी, मुझे इससे पहले उनसे कुछ कहता है प्रेमनाथ के लोगे ने मुझे देख लिया था और फिर वो मुझे अपने साथ ही ले गए, पर वक्त भी मेरे पास था इस से पहले वो मुझे देखते, मैं कुछ आयशा देख लिया था की अगर उनसे में उस वक्त मौत भी मिली तो मेरी बहनें उसे अपनी महफिल में एक सौगत मन कर काबुल कर ही लेटी और सयाद में उन रस्तो मुझे सुखों की रिवायत ना दी होती, अंजान था वो मेरी बातें से और मेरियो यादियो से भी, अपना नहीं था पर जो भी था कमल का था, जो उम्मेद उस वक्त उसे मुझे दी थी में उसे भूल नहीं सकता, प्रति ये कहानी अधूरी है किरेदार तो पर भी कुछ मिला है प्रति वक्त के साथ उम्मेद तो नहीं ये भरोश है की ये पूरी जरूर होगी ......

इस से पहले की में आगे बढ़ कुछ बातें हैं जो जो स्यादा एक रहस्या की तरह मेरे आंखें प्रति एक परदे की छाप जैसी थी, कुछ कुछ बातें उस दिन में समझ नहीं क्या पा रहा था, पहली में मैं हूं। और अगर अतुल मेरे भाई है तो मेरे परिवार ने मुझसे ये बाते क्यों चुपई, और प्रिया को अतुल ने थाप क्यों मारा, और मेरे कपिल त्रिवेदी सेह लोग इतना क्यों डरते ये तक की प्रेमनाथ के प्रेमनाथ मेरे अपहरण किया था बहुत को कपली त्रिवेद को सरदार कपिल त्रिवेदी कह कर क्यों बुला रहा था? यह मुझसे जरूरी बात की प्रेमनाथ के लोग मेरे पीछे क्यों पारे थे, वो मुझसे क्या कहता था? और जहां में अपना समझौता क्या वो सच में मेरे अपने है, क्योंकि जहां तक मेरे एक है अपने हैं? कुछ सवाल है जो मेरे जहान में फन्ना बन कर सामने आ रहे हैं अगर उनकी मंजिल साफ दिख गई तो सयाद उन सवलो के जवाब भी जलद ही मिल जाएंगे क्योंकि मेरी शिद्दत कुछ खास नहीं है .....